すてきな

ミス・ポピー・ベルダーボスへ、

キスとともに。

The Fairy House : Fairy Jewels
by Kelly McKain

First published in 2008 by Scholastic Children's Books

ひみつの妖精《ようせい》ハウス

冒険《ぼうけん》はチョコレート味《あじ》

The Fairy House

ケリー・マケイン 作

田中亜希子 訳

まめゆか 絵

ポプラ社

もくじ

みんな、元気《げんき》？

また会《あ》えて、うれしいな☆

わたしね、このところずっと、

夢《ゆめ》を見《み》ているような気分《きぶん》なの。

だって……ほんものの妖精《ようせい》と友《とも》だちになったんだもん。

しかも、わたしのドールハウスにすんでるんだよ！

ね？ びっくりでしょ？

わたしもびっくり。今《いま》もまだしんじられないくらい。

でもね、ほんとのことなんだ。

友《とも》だちの名前《なまえ》は、ブルーベル、デイジー、

サルビアに、スノードロップ。

妖精《ようせい》をしんじてる人《ひと》には、

ちゃんとすがたが見《み》えるんだって。

みんなにも、きっと、見《み》えるよね☆

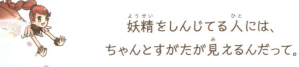

人物紹介《じんぶつしょうかい》

ピュア

Pure

ロンドンから来《き》た女《おんな》の子《こ》。
妖精《ようせい》をしんじていて、
夢見《ゆめみ》ることがすき。
新《あたら》しい家《いえ》にママとすんでいる。

ブルーベル

Bluebell

元気《げんき》いっぱいの春《はる》の精《せい》。
うれしいのもかなしいのも、
すぐ顔《かお》にでちゃう！

デイジー

Daisy

心《こころ》やさしい夏《なつ》の精《せい》。
いつもみんなを見守《みまも》って
いる、お姉《ねえ》さん的存在《てきそんざい》。

サルビア

Salvia

しっかりものの秋《あき》の精《せい》。
自分《じぶん》の意見《いけん》をはっきりいう
タイプ。ピアノが得意《とくい》。

スノードロップ

Snowdrop

はずかしがりやの冬《ふゆ》の精《せい》。
ふだんはおとなしいけれど、
実《じつ》はいちばんの大物《おおもの》？

妖精《ようせい》ハウス

オークの木《き》の下《した》に
おいてある、ピュアの
ドールハウス。
妖精《ようせい》たちがすんでいる。

第1章

とくべつな夏休《なつやす》み

ピュアは、庭《にわ》にぴょんととびだすと、両手《りょうて》を広《ひろ》げてくるくるまわりました。

「きょうから夏休《なつやす》み……！」

もう、うるさくて息《いき》がつまるような教室《きょうしつ》にすわらずにすみます。

チャイムも、教科書《きょうかしょ》も、さびしい休《やす》み時間《じかん》も、なし。

いつもいじわるばかりするクラスメイト、ティファニー・タウナーとも、とうぶんさよならです。

それになんといっても、学校《がっこう》がなければ、

毎日《まいにち》、四人《にん》と一日《にち》じゅう野原《のはら》であそべるのです。

「四人《にん》」というのは、ピュアの新《あたら》しい友《とも》だち――妖精《ようせい》たちのこと。春《はる》の妖精《ようせい》ブルーベル、夏《なつ》の妖精《ようせい》デイジー、秋《あき》の妖精《ようせい》サルビア、冬《ふゆ》の妖精《ようせい》スノードロップです。

みんなとすごす夏休《なつやす》みは、きっと、これまでで最高《さいこう》にすてきな毎《まい》日《にち》になるでしょう。それがきょうからはじまるのですから、ピュアのわくわくは止《と》まりません。

ポケットをぽんとたたくと、思《おも》わずにっこりしました。なかには、とくべつなものが入《はい》っています。みんなに早《はや》く見《み》せたくてたまりません。

ピュアは庭《にわ》のはずれまでやってくると、白《しろ》い花《はな》のヒルガオのつる

にすっかりおおわれた針金《はりがね》一本《ぽん》のフェンスをくぐりぬけました。そこから先《さき》は野原《のはら》が広《ひろ》がっています。

あざやかなフォックスグローブのピンク色《いろ》や、タンポポの黄色《きいろ》がまざる草《くさ》のなかをかけていくと、葉《は》っぱがピュアの足《あし》をなでていきます。そこらじゅうで小鳥《ことり》がうたい、ハチの羽音《はおと》がひびき、チョウがまっています。

ピュアはオークの木《き》の前《まえ》にやってきました。いつもなら四人《にん》は、葉《は》っぱでできた天井《てんじょう》のような枝《えだ》ぶりの下《した》で、とびながら鬼《おに》ごっこをしたり、くねくね曲《ま》がった根《ね》っこの上《うえ》でさかだちをしたりしてあそんでいます。けれどもきょうは、そのどちらにもいません。

どうしたんだろう……？

ピュアは、ハンカチでつくってあるデイジーのハンモックをこわさないよう、そっとふみこえると、かがんで〈妖精《ようせい》ハウス〉をのぞきこみました。やっぱりすがたは見《み》えません。

妖精《ようせい》ハウスは、もとはピュアのドールハウスでした。ある晩《ばん》、ピュアが外《そと》におきっぱなしにしてしまい、よく朝《あさ》もどってみると、妖精《ようせい》たちがなかにすみはじめていたのです。四人《にん》とはけんかもしましたが、さいごにはしっかり友情《ゆうじょう》をむすび、ドールハウスをみんなの家《いえ》にしてあげたのでした。

ピュアは、妖精《ようせい》ハウスの玄関《げんかん》のドアノブに小指《こゆび》をのせると、小《ちい》さな声《こえ》で魔法《まほう》のことばをとなえました。ドアノブにはあらかじめ、ブルーベルが魔法《まほう》の粉《こな》〈フェアリーパウダー〉をふりかけてくれています。

「妖精《ようせい》をしんじます……妖精《ようせい》をしんじます……妖精《ようせい》をしんじます！」

とたんに、頭《あたま》のてっぺんがチリチリしました。つづいて、ボン！

という音《おと》。まわりにあるものが、なにもかも、どんどん大《おお》きくなっていきます。でもほんとうはもちろん、ピュアの体《からだ》が小《ちい》さくなっているのです。

ちぢむのが止《と》まったとき、ピュアは妖精《ようせい》たちと同《おな》じ大《おお》きさになっていました。

ああ、ポケットのなかのものを、早《はや》くみんなに見《み》せたい！

ピュアはすぐにドアをあけて、足《あし》をふみいれました。

「こんにちは！　みんな、どこ？」

妖精ハウス

ピュアはきょろきょろしながらろうかをぬけて、リビングに入《はい》りました。

けれども、バラの花《はな》びらをひざかけにしながら、ソファーにすわっているスノードロップはいませんし、草《くさ》をあんだカーペットの上《うえ》でくつろいでいるブルーベルもいません。

キッチンに入《はい》ると、チェリーピンクのチェックのテーブルクロスがかかっているテーブルや、押《お》し花《ばな》でかざりつけしてある食器《しょっき》だながいつものようにありましたが、やっぱりだれもいません。

「デイジー？　サルビア？　スノードロップ？　ブルーベル？」

よびかけても、返事《へんじ》はありません。

いそいで階段《かいだん》をのぼると、ブルーベルの部屋《へや》でやっと四人《にん》を見《み》つけました。みんなでベッドの上《うえ》にすわって、顔《かお》をよせあい、一まいの紙《かみ》をのぞきこんでいます。

デイジーは、不安《ふあん》そうに三つあみの先《さき》をかんでいますし、サルビアはそわそわと足《あし》をぶらつかせています。スノードロップはうつむいているために黒髪《くろかみ》がほおにかかって見《み》えづらいのですが、むずかしい顔《かお》をしているようです。いつもにぎやかなブルーベルでさえ、だまりこくっています。

「どうしたの？」

ピュアが声《こえ》をかけると、四人《にん》がはっと顔《かお》をあげました。

さいしょに口《くち》をひらいたのは、サルビアでした。

「ああ、いらっしゃい！　ピュアが来《き》たことに気《き》づかなかったわ。

みんなで考《かんが》えこんでいたから」

ピュアはくつをぬぐとベッドの上《うえ》の、みんなのあいだにすわりま

した。そして、四人《にん》が見《み》ていた紙《かみ》を目《め》にしたとたん、どうしてみんながしんこくになっているのかがわかりました。

その紙《かみ》は、妖精《ようせい》の女王《じょおう》からの指令書《しれいしょ》。ピュアもなんども読《よ》んだことがあります。そこには、こんなことが書《か》かれていました。

妖精《ようせい》の女王《じょおう》による指令書《しれいしょ》

〈任務《にんむ》〉第《だい》四五八二六番《ばん》

おそろしい知《し》らせがフェアリーランドにとどきました。

あなたたちも知《し》ってのとおり、魔法《まほう》のオークの木《き》はフェアリーランドと人間《にんげん》の世界《せかい》をむすぶ門《もん》です。妖精《ようせい》が人間《にんげん》の世界《せかい》へ行《い》くには、

〈魔法《まほう》のきらめく風《かぜ》〉にのってその門《もん》を通《とお》るしか方法《ほうほう》はありません。

ところが、オークの木《き》を切《き》りたおして家《いえ》をたてようとする人間《にんげん》が、あらわれたのです。そのようなことになれば、妖精《ようせい》は人間《にんげん》の世界《せかい》へ行《い》って自然《しぜん》を守《まも》ることができなくなります。

一部《いちぶ》の人間《にんげん》がそのようなおそろしいことをしないよう、あなたたちが止《と》めなさい。そして、この先《さき》ずっと、オークの木《き》がかならず守《まも》られるようにするのです。

以上《いじょう》が、あなたたちの〈任務《にんむ》〉です。

この〈任務《にんむ》〉をはたしたときだけ、フェアリーランドへ帰《かえ》ることをゆるします。

妖精《ようせい》の女王《じょおう》

追伸《ついしん》　さまざまな誕生石《たんじょうせき》をあつめなさい。
オークの木《き》をすくう魔法《まほう》をはたらかせてくれるでしょう。

もちろん、ピュアは妖精《ようせい》たちを手《て》つだうとやくそくしていました。

「わたしたち、いまのところ、うまくやっているよね。誕生石《たんじょうせき》を五つもあつめたし」

とにかくみんなを元気《げんき》づけようと思《おも》い、そういったのですが、デイジーが首《くび》を横《よこ》にふりました。

「でも、あつめていない誕生石《たんじょうせき》もある。そうでしょ？」

ピュアはうなずきました。

「まだない誕生石《たんじょうせき》は、アメジスト、アクアマリン、ダイヤモンド、エメラルド、パール、ルビー、ターコイズ」

ピュアが石《いし》の名前《なまえ》をいうたびに、妖精《ようせい》たちが指《ゆび》をおって数《かぞ》えます。

スノードロップがなきそうな声《こえ》でいいました。

「そして、わたしたちはそのどれも、手《て》に入《い》れる方法《ほうほう》さえわかっていません。さっきからみんなで考《かんが》えていたんです。でも、だれからも、いいアイデアがうかばなくて……。もう、考《かんが》えすぎて頭《あたま》がいたくなっちゃいました」

思《おも》わずピュアは、クスリとわらってしまいました。

とたんに、ブルーベルがさけびます。

「ピュアったら、これはしんこくな問題《もんだい》なんだよ！　マックス・タウナーさんが、今《いま》すぐじゅんびをはじめたら、どうするの？　うちらには、それを止《と》める力《ちから》がないのに」

マックス・タウナーさんは、住宅地《じゅうたくち》をつくるためにオークの木《き》をたおそうと計画《けいかく》している人《ひと》です。いじわるなティファニーの、お父《とう》さんでもあります。

ブルーベルにおこられても、ピュアはまだにこにこしています。いよいよ、もってきたものを四人《にん》に見《み》せるときがきたのです。

「ねえ、これがあるから、だいじょうぶだよ！」

ピュアはもってきたものをポケットからだしました。それは、てのひらサイズの、くしゃっとした紙《かみ》です。四人《にん》がふしぎそうに首《くび》をひねります。

「それって、チョコレートバーのつつみ紙《がみ》でしょ？　どうしてそんなものがあると、だいじょうぶ――」

ピュアはにこっとしながら手《て》をあげて、ブルーベルが話《はな》すのをさえぎりました。それから、おもむろにつつみ紙《がみ》をきれいにのばして、書《か》いてあることを読《よ》みあげます。

「『宝《たから》さがし大会《たいかい》に参加《さんか》して、ルビーをゲットしよう！』」

そこでいったん口《くち》をつぐんで、みんなを見《み》まわしました。妖精《ようせい》たちがつつみ紙《がみ》をのぞきこもうと、わっとそばによります。ピュアは目《め》をかがやかせながら、さらに読《よ》みすすめました。

「『みなさんにおなじみのチョコレートバー〈チョコレートタイム〉がおとどけする、宝《たから》さがし大会《たいかい》！　ルビー一こが入《はい》った宝箱《たからばこ》を六つご用意《ようい》しました。宝箱《たからばこ》は、全国各地《ぜんこくかくち》のどこかにうめて、かくしてあります。あなたのおうちにいちばん近《ちか》いところで宝《たから》さがしに参加《さんか》しませんか？　大会《たいかい》は、七月《がつ》三十日《にち》土曜日《どようび》正午《しょうご》から午後《ごご》三時《じ》まで、いっせいにおこないます。チョコレートバーのつつみ紙《がみ》二まいにつき、宝《たから》のかくし場所《ばしょ》のヒントをひとつ、お教《おし》えしますので、つつみ紙《がみ》をこちらのチョコレート会社《がいしゃ》に送《おく》ってください。幸運《こううん》をいのっています！』」

「ピュア、見《み》つけてくれて、ありがとう！」

サルビアがピュアにだきつきました。

「ほんと、最高《さいこう》の友《とも》だちね！」

デイジーもふたりをだきしめて、すかさず、もじもじしているスノードロップもひっぱりこみます。

ブルーベルはよろこびすぎて、その場《ば》でぴょんぴょんとびはねたものですから、ベッドがはげしくゆれて、みんなで下《した》に落《お》ちそうになりました。

「♪宝《たから》さがし！　ルビーをゲット！」

なおもブルーベルがはしゃいで、歌《うた》をうたうように、なんどもくりかえします。

ピュアは小《ちい》さなつつみ紙《がみ》に目《め》をこらしました。

「ここに、ヒントは六つあるって書《か》いてある。ぜんぶ手《て》に入《い》れたほうが、ルビーを見《み》つけるチャンスがふえるよね。ということは、わたしたち、チョコレートのつつみ紙《がみ》を十二まい送《おく》らないと！」

「そんなにたくさんですか？」と、スノードロップ。

ピュアは大《おお》きくうなずきました。

「うん。しかも、宝《たから》さがしはこんどの土曜日《どようび》におこなわれるから、それまでにヒントを送《おく》ってもらうには、つつみ紙《がみ》をきょうじゅうに送《おく》らないと、まにあわない！」

スノードロップが目《め》を丸《まる》くして、しゅんとうなだれます。ところが、ブルーベルはやる気《き》まんまんでベッドからとびおりると、手《て》をたたいてさけびました。

「ほらほら！　だったら、みんな、すぐにスタート！」

第2章

まさかのごみあさり!?

ピュアはつつみ紙《がみ》をすでに一まいもっています。なので、これからあと十一本《ぽん》のチョコレートバーを買《か》わなければいけないのですが、ママにお願《ねが》いしても、ゆるしてくれないでしょう。宝《たから》さがしに参加《さんか》したいから、という理由《りゆう》だけで、そんなにたくさんのお金《かね》を出《だ》してくれるわけがありません。

ただ、お金《かね》をかせぐ方法《ほうほう》はあります。リビングのちらかっているものをかたづけるとか、玄関《げんかん》のくつやコートをきちんとならべるとか、小《ちい》さな仕事《しごと》をすると、ママからおこづかいをもらえることになっているのです。けれども、せいぜいチョコレートバーが二本《ほん》買《か》えるくらいのお金《かね》でしょう。まだまだたりません。

とにかくピュアはすぐにうちに帰《かえ》って、仕事《しごと》にとりかかりました。そしてあっというまにおわらせたので、ママがびっくりしました。じつは、ブルーベルたちもいっしょにきて、手《て》つだってくれたのです。もちろん、ママは知《し》りませんけれど。

「ピュア、はい、これ、おこづかいよ。がんばったわね。ありがとう。でも、どうしてそんなにお金《かね》がほしかったの？」

「チョコレートバーを買《か》いたいの！　今《いま》すぐに！」

「あらあら、ピュアはそんなにチョコレート好《ず》きだった？」

ママはわらいましたが、ピュアのために、すぐにいっしょに買《か》い物《もの》にでてくれました。ブルーベルたちも、ふたりのずっと上《うえ》のほうをとんでついてきます。みんなときどき空中《くうちゅう》で側転《そくてん》したり、くるりと輪《わ》をかいたりと、うれしくてふつうにとんでいられないようです。

町《まち》なかまでやってきたとき、ママが友《とも》だちとばったり会《あ》って、ちょっとお茶《ちゃ》をのみましょう、という話《はなし》になりました。ママがピュアにいいました。

「チョコレートバーは、ひとりで買《か》いにいけるわね？　おわったら、ママたちのいるカフェにまっすぐくるのよ」

「うん、わかった！」

ピュアは（ブルーベルたちもいっしょに）わくわくしながら店《みせ》にむかいました。店《みせ》は、駅《えき》にあるキオスクを少《すこ》し大《おお》きくしたくらいの食料雑貨店《しょくりょうざっかてん》です。

なかに入《はい》ったとたん、妖精《ようせい》たちが「わあ！」と声《こえ》をあげました。

店《みせ》には、ぴかぴかのパッケージに入《はい》ったチョコレートや、びんに入《はい》った色《いろ》あざやかなキャンディーやガムがたくさんならんでいます。四人《にん》は〈チョコレートタイム〉を買《か》いにきたというのに、すっかりわすれてさけびました。

「きれい！」

「どんな味《あじ》がするの？」

「ぜーんぶ――」

「――味見《あじみ》したい！」

ピュアはクスクスわらいな

がらも、〈チョコレートタイム〉をおこづかい分《ぶん》の二本買《ほんか》いました。

外《そと》にベンチがあったので、ひとまず五人《にん》ですわって、チョコレートを食《た》べながら作戦会議《さくせんかいぎ》です。

ピュアは自分《じぶん》の分《ぶん》をすぐに食《た》べおわったので、みんなにいいました。

「これでつつみ紙《がみ》は三まいになったけど、あと九まいも、どうしよう?」

すると、体《からだ》に対《たい》してバッグくらい大《おお》きなチョコレートのかけらをかじっていたスノードロップが、顔《かお》をあげてピュアにたずねました。

「あの……九まいって、三まいより、たくさんなんですか……?」

どうやら、妖精《ようせい》は数字《すうじ》に弱《よわ》いようです。ピュアは教《おし》えてあげました。

「うん、九は三よりかなりたくさんだよ」

四人《にん》はがっかりして、うつむきました。ピュアも同《おな》じ気《き》もちでしたが、それを見《み》せないよう、気《き》をつけます。

そのとき、急《きゅう》に風《かぜ》がふいて、ベンチの横《よこ》になにかがとんできました。きらきらした紙《かみ》で、〈チョコレートタイム〉の文字《もじ》が見《み》えます。

「いそいで！　つつみ紙《がみ》をひろわなくちゃ！」

ブルーベルがさけびます。

四人《にん》がつつみ紙《がみ》をおってとんでいき、ピュアも走《はし》っていきました。つつみ紙《がみ》は風《かぜ》にのっていってしまいましたが、うまいぐあいにいけがきにひっかかって止《と》まりました。ブルーベルとサルビアが猛《もう》ス

ピードでとびながら手《て》をのばします。けれども、いきおいあまって、
ふたりはいけがきのなかにとびこんでしまいました。

つつみ紙《がみ》をつかんだのは、そのあとにきたデイジーでした。ほこらしげにさっと紙《かみ》をかかげます。

やっとおいついたピュアが息《いき》をきらしながらいいました。

「デイジー……お手《て》がら！　これで……四まい！」

「でも、のこりはどうやって手《て》に入《い》れたらいいんでしょう？」

スノードロップの問《と》いかけにはこたえず、ブルーベルがおこりながらいいました。

「今回《こんかい》はたまたま、うちらがこのつつみ紙《がみ》がひつようだからひろったけど、ごみを道《みち》ばたにすてるなんて、ゆるせない！　ごみばこに入《い》れなくちゃ！」

ブルーベルのことばに、ほかのみんなが、はっとしました。どの顔《かお》にも、みるみる笑顔《えがお》が広《ひろ》がっていきます。

「ブルーベル、それ!」

デイジーがさけびました。

「えっ? それって?」

ブルーベルはすっかりとまどっています。

そこで、みんなが声《こえ》をそろえてこたえました。

「ごみばこ!」

そしていっせいに、ごみばこにむかってとびだしました。

「まってよ!」

ブルーベルがあわててみんなのあとをおいかけます。

すぐに五人《にん》は店《みせ》の前《まえ》にあるごみばこまでやってきました。

ピュアは上《うえ》から手《て》を入《い》れましたが、深《ふか》くてごみまでとどきません。

「ここにつつみ紙《がみ》がすててあるかもしれないいんだけど……さがすには……」

そこまでいって、ピュアは「おねがい」という目《め》で四人《にん》を見《み》つめました。

サルビアが、赤《あか》い髪《かみ》をブンとふって、むっとした顔《かお》でいいます。

「妖精《ようせい》は、ごみばこをあさったりしないの！」

「服《ふく》がよごれてしまいますし」とスノードロップ。

「髪《かみ》だって。気《き》もちわるいものがついちゃう！」とデイジー。

ところが、ブルーベルがきっぱりいいました。

「ねえ、みんな、うちだってごみばこになんて入《はい》りたくない。でも、ルビーがひつようだよね？　それには、もっとつつみ紙《がみ》をあつめなくちゃ。でもって、ごみばこには、つつみ紙《がみ》があるかもしれないんだよ!?」

　すると、不安《ふあん》そうな顔《かお》をしながらも、サルビアがいいました。

「わかったわ……。ブルーベルが入《はい》るなら、あたしも入《はい》る」

　ブルーベルがにっと笑顔《えがお》をむけます。

　ピュアもうれしくなりました。

「ブルーベルも、サルビアも、ありがとう。ふたりとも、すごく勇《ゆう》気《き》があると思《おも》う」

　それをきいては、デイジーとスノードロップも、仲間《なかま》に入《はい》らないわけにはいきません。ごみばこのふちまでとんでいき、ブルーベル

たちの横《よこ》にならんで立《た》ちました。ただし、鼻《はな》をつまんで、目《め》はぎゅっ
とつぶっていましたけれど。

ブルーベルが号令《ごうれい》をかけます。

「みんな、行《い》くよ！　一、二の……三！」

四人《にん》はごみばこのなかにとびこみました。

ピュアがなかをのぞくと、下《した》のほうにごみの山《やま》が見《み》えます。

「うー！」

「キャー！」

「オエッ！」

「いやー！」

四人《にん》は大《おお》さわぎをしていましたが、やがてブルーベルがぱっと手《て》をあげました。その手《て》には……〈チョコレートタイム〉のつつみ紙《がみ》！　ブルーベルがそれをほうりなげたので、ピュアがさっと手《て》をのばしてキャッチしました。

「ありがとう！」

しばらくして、四人《にん》がごみばこのふちまで、もどってきました。

みんな、顔《かお》をしかめながら、ハアハア息《いき》をきらしています。

スノードロップが、つつみ紙《がみ》を一まい、ピュアにわたしました。

「これで……ぜんぶ」とデイジー。

サルビアがかたをすくめて、いいました。

「あの気《き》もちわるいごみのなかで、見《み》つかったのは、たった一まい！

ああ、もう、いったいどうやったら、のこりを手《て》に入《い》れられるの？」

ふいに、ピュアのうしろから声《こえ》がしました。

「あんた、なにやってるの？」

ききおぼえのある声《こえ》です！　ブルーベルたちはあわてて、ごみば

このなかにまたひっこみました。その声《こえ》の主《ぬし》のことを、四人《にん》は、ほ

んとうに、少《すこ》しも、好《す》きではありません。

「あっ、ティファニー」

ピュアはいそいでつつみ紙《がみ》をポケットにおしこみましたが、なにを入《い》れたのか、見《み》られてしまいました。

「ふうん。あんたって〈チョコレートタイム〉をごみばこからあさるんだ。あたしはお店《みせ》で買《か》うし」

ティファニーはそういいすてると、店《みせ》のなかに入《はい》っていきました。

妖精《ようせい》たちがごみばこからでてきました。みんな、ティファニーに見《み》つからないように、ごみになりすましています。

「みんな、それってグッドアイデアだね！」

ピュアがそういったとき、ティファニーがでてきました。ベンチにすわると、たくさん買《か》いこんだ〈チョコレートタイム〉をむしゃむしゃ食《た》べはじめます。

アイスバーのつつみ紙《がみ》をかぶっているブルーベルが、下《した》から顔《かお》をのぞかせて、ピュアにヒソヒソいいました。

「うちら、もっとつつみ紙《がみ》がいるよね。ピュアならうまく手《て》に入《い》れられるんじゃ……」

けれども、ピュアはくらい顔《かお》をせずにはいられませんでした。つつみ紙《がみ》はあと六まいもひつようで

す。なのに、どこで手《て》に入《い》れたらいいのか、方法《ほうほう》がひとつも思《おも》いつかないのです。

うん、でもブルーベルのいうとおり。つつみ紙《がみ》はぜったいひつようだよね……！

「そしたら、一《いち》か八《ばち》かやってみる。うまくいくよう、いのってて！」

ピュアはベンチにむかっていきました。

ティファニーは、ピュアが目《め》の前《まえ》にきても、むしをして食《た》べつづけました。ふつうなら、「食《た》べる？」ときくくらいのことはしそうですが、ティファニーにはひとかけらだって、わけるつもりはないようです。

それでもやっと、ティファニーがピュアに話《はな》しかけました。口《くち》にチョコレートをいっぱいつめこんだままです。

「さっき、ごみばこに話《はな》しかけてなかった？　あんたって思《おも》ってた以上《いじょう》にヘン」

ピュアはどうにか笑顔《えがお》をつくりました。ティファニーのことはきらいですが、そういう相手《あいて》にもやさしくするべきなのは、わかっています。

「チョコレート、おいしそうだね」

ピュアは話題《わだい》をかえて、明《あか》るくいいました。

けれども、かえってきたのは頭《あたま》にくることばでした。

「あんたには、ひとかけらだってあげない」

それでも、ピュアはめげずに、ちっとも気《き》にしていないような顔《かお》をして、ことばをえらびながらいいました。

「うん。チョコレートはくれなくても、だいじょうぶだよ。つつみ紙《がみ》をごみばこまでもっていってあげようかな、と思《おも》っただけだから。めんどうでしょ？」

するとティファニーがあっというまにたいらげた三本《ぼん》のチョコレートバーのつつみ紙《がみ》をピュアのほうにつきだしました。ピュアが手《て》をのばしかけます。とたんに、ティファニーはつつみ紙《がみ》をさっとひっこめました。

「あんた、なにかたくらんでるでしょ。そっか、これが関係《かんけい》してるってわけね」

ティファニーがいじわるな笑《え》みをうかべながらつつみ紙《がみ》を広《ひろ》げる

と、なんどもひっくりかえして見《み》ています。そしてふいに、さけびました。

「わかった！　宝《たから》さがし！」

ピュアはため息《いき》をつきました。ティファニーには知《し》られたくなかったのですが、もういうしかありません。しかたなく、ヒントのことやルビーのことをせつめいして、つつみ紙《がみ》をあと六まいあつめたいことを話《はな》しました。

ティファニーが、考《かんが》えこむような顔《かお》つきになります。それからのろのろと話《はな》しだしました。

「まあ……六まいをあんたにあげてもいいよ。ただし、土曜日《どようび》の宝《たから》さがしにあたしといっしょに行《い》くならね」

ピュアはくちびるをかみました。ティファニーといっしょに参加《さんか》するなんて、いちばんさけたかったことです。けれども、つつみ紙《がみ》は今《いま》ひつようでした。でないと、時間切《じかんぎ》れでヒントが手《て》に入《はい》らなくなってしまうのです。

大《おお》きく息《いき》をすいこんで、ふーっとはきだします。ピュアはまっすぐ前《まえ》を見《み》ていいました。

「いいよ」

「じゃあ、きまりね。それと、あたしがルビーを見《み》つけた場合《ばあい》、あんたにはわたさない。見《み》つけた人《ひと》がもらうってこと。わかった？」

あー、もう、頭《あたま》にくる。でも、今《いま》はつつみ紙《がみ》をもらうためなら、なんでもしよう……！

ピュアはティファニーにむかってうなずきました。

さっそく、のこりのチョコレートバーを一気《いっき》に食《た》べたティファニーは、六まいのつつみ紙《がみ》をつきだしました。ピュアがそれを受《う》けとります。するとティファニーはなにもいわず、さっさと行《い》ってしまいました。

ブルーベルたちがごみをぬぎすてて、とんできました。ピュアはベンチにぐったりすわりこみ、ため息《いき》をつきました。

「ティファニーもくるなんて、サイアクだよ」

すると、デイジーが大《おお》きくうなずきました。

「ほんと、サイアク！　わたしがティファニーにさらわれたときのこと、おぼえてる？　妖精《ようせい》だってことがばれないように、わたしは人形《にんぎょう》のふりをしなくちゃならなかったの。それであのとき、羽《はね》をむしりとられそうになって……！　ああ、ほんとティファニーって、いやなやつ！　いじわるで、ざんこくで――」

ところが、ブルーベルが話《はなし》をさえぎりました。

「でも、つつみ紙《がみ》は手《て》に入《はい》ったんだし。今《いま》だいじなのは、そのことだよね！」

たしかに、そのとおりです。ティファニーのことはいやでたまりませんが、デイジーはうなずきました。

そろそろママがしんぱいするころです。ピュアはいそいでカフェに行《い》きました。

宝《たから》さがしのことをピュアがせつめいすると、ママがすぐにそばの郵便局《ゆうびんきょく》から切手《きって》を買《か》ってきてくれました。ヒントを送《おく》ってもらうためにチョコレート会社《がいしゃ》に知《し》らせるピュアの名前《なまえ》と住所《じゅうしょ》は、ピュアが自分《じぶん》でカフェの紙《かみ》ナプキンに書《か》きます。〈チョコレートタイム〉のつつみ紙《がみ》と紙《かみ》ナプキンを入《い》れるふうとうは、ママがカフェのマスターからもらってくれました。ピュアがふうとうに宛先《あてさき》を書《か》いて、ふうをしたら、あとはだすだけです！

カフェをでたあと、ピュアはママと、ポストへまっすぐむかいました。

「ヒントがちゃんと送《おく》られてきますように……！」

ふうとうをポストに入《い》れます。ピュアのはるか上《うえ》では、妖精《ようせい》たちがうれしそうにくるんとまわったり、おどったりしています。

ピュアはママと歩《ある》きだしたとき、ふいにくんくんにおいをかいで、鼻《はな》にしわをよせました。ママがすこし先《さき》に行《い》ったすきに、上《うえ》の四人《にん》にむかってこそっと声《こえ》をかけます。

「みんな、くさいよ！　おふろに入《はい》らないと！」

「妖精《ようせい》はふつう、おふろに入《はい》らないものなの！」とデイジー。

「でも、それって、妖精《ようせい》はふつう、ごみばこをあさったりしないからよね！」とサルビア。

これにはみんな、ふきだしてしまいました。

ピュアは、うれしさがこみあげていました。

つつみ紙《がみ》はあつめられたし、ヒントを六つもらえそうだし……あとは宝物《たからもの》のかくし場所《ばしょ》を見《み》つけて、ルビーを手《て》に入《い》れるだけ！

第3章

ヒントのなぞ

家《いえ》に帰《かえ》ってからも、つぎの日《ひ》も、ピュアはあれこれいそがしくすごしました。野原《のはら》で妖精《ようせい》たちとあそんだり、ジェーンおばさんの家《いえ》に行《い》ったり、ママを手《て》つだって庭《にわ》の植物《しょくぶつ》の水《みず》やりをして雑草《ざっそう》をぬいたり……。でも、なにをしていても、頭《あたま》のすみっこでは、「あと何《なん》時間《じかん》かで金曜日《きんようび》の朝《あさ》！」と考《かんが》えていました。

その日《ひ》に、チョコレート会社《がいしゃ》から宝《たから》さがしのヒントがとどくはずなのです。

金曜日《きんようび》になりました。ピュアは朝早《あさはや》くにぱちっと目《め》をさましました。そして、うちの玄《げん》関《かん》につづくじゃり道《みち》を郵便屋《ゆうびんや》さんが歩《ある》いている音《おと》がすると、すぐさま自分《じぶん》の部屋《へや》をとびだして、階段《かいだん》をかけおりました。

玄関《げんかん》ドアには、郵便物《ゆうびんぶつ》を入《い》れるための四角《しかく》いあながついています。ドア
郵便屋《ゆうびんや》さんはすでにそこからふうとうをさしこんでいました。

マットの上《うえ》におちています。それは……まちにまった、ピュアあてのものです！

ピュアはふうとうをつかんで、リビングにかけこむと、ママの『イギリス西南部《せいなんぶ》ガイド』という本《ほん》を手《て》にとりました。イギリスの西南《せいなん》部《ぶ》は、ピュアがすんでいるドーセットのある場所《ばしょ》です。

「ママ、チョコレート会社《がいしゃ》からヒントがとどいたの！　宝物《たからもの》のかくし場所《ばしょ》を、外《そと》で考《かんが》えてみるね！」

ピュアはママの返事《へんじ》をまたずに、家《いえ》をとびだしました。針金《はりがね》フェンスをヒルガオのつるごとつかんで、下《した》からくぐりぬけます。

オークの木《き》にたどりついたとき、みんなはピンクのチェックのテーブルクロスを外《そと》にもちだして、その上《うえ》にすわってまっていました。いっしょにヒントを見《み》て宝物《たからもの》のかくし場所《ばしょ》をさがそうと、ピュアをまっていたのです。

ピュアは『イギリス西南部《せいなんぶ》ガイド』とふうとうをもったまま、妖《よう》精《せい》ハウスのドアノブをさわって、魔法《まほう》のことばをとなえました。みるみるうちに、体《からだ》が小《ちい》さくなります。妖精《ようせい》くらいになったとたん、ピュアはみんながいるテーブルクロスにドスンとすわりました。

「みんな、おまたせ！」

そういいながら、五人《にん》でいちどにハグをします。それからさっそく、ふうとうをだして、六まいのヒントの紙《かみ》を見《み》せました。日《ひ》の光《ひかり》がまぶしくて、みんなが目《め》をほそめます。

ピュアたちは、顔《かお》をしかめて紙《かみ》を見《み》つめました。ヒントはもっとかんたんだろうと思《おも》っていたのです。

ブルーベルが声《こえ》をあげました。

「ぜんぜん意味《いみ》がわかんないよ！　ぜったいむり！　ルビーなんて、見《み》つかるはずない！」

ピュアはヒントの紙《かみ》を一まいとりあげると、考《かんが》えながらいいました。

「紙《かみ》は六まいあるけど、ヒントはひとつなんじゃないかな。つまり、紙《かみ》に書《か》いてある六つのことばをつなげると、ひとつのヒントになるの！　たぶん、『むかし、ある丘《おか》の上《うえ》に、』からはじまるんだと思《おも》う。だって、おとぎ話《ばなし》のでだしって、こんなふうだよね」

「でも、『むかし、ある丘《おか》の上《うえ》に、』につづくことばは、なんなのかな？」とデイジー。

「『宝物《たからもの》』？」とサルビア。

ブルーベルが、ぷっとふきだしました。

「『宝物《たからもの》』のあとに『を見はっていることができない。』っ書《か》いてあるじゃん。つづけたら、『むかし、ある丘《おか》の上《うえ》に、宝物《たからもの》を見《み》はっていることができない。』だよ？　へーんなの！」

サルビアがむっとしてうでぐみをすると、いいかえしました。

「だったら、こたえをいってみてよ！　そんなに頭《あたま》がいいのならね！」

そこで、ブルーベルはヒントの紙《かみ》をのぞきこみ、少《すこ》ししてからいいました。

「『むかし、ある丘《おか》の上《うえ》に、思《おも》った。』」

するとサルビアがつんとすまして、いいました。

「ブルーベルのこたえだって、ヘンよ。ほらね、このヒントは見《み》た目《め》よりむずかしいの！」

そこから、ブルーベルとサルビアのけんかがはじまりました。自分《じぶん》のこたえのほうがましだ、といいあっています。

さわがしいふたりの横《よこ》で、スノードロップがはずかしそうにいいました。

「『むかし、ある丘《おか》の上《うえ》に、緑《みどり》の巨人《きょじん》がすんでいた。』」

「それだ！」

ピュアはさけびました。ブルーベルとサルビアもけんかをやめて、おとなしいスノードロップに「やったね！」「すごいわ！」と声《こえ》をかけます。

デイジーも、にこにこ顔《がお》でいいました。

「すごい、すごい、スノードロップ！　さいしょがわかったおかげで、つぎがどうつながるかもわかったね。巨人《きょじん》はとてものどがかわいた。なぜなら、その日《ひ》はあつかったからだ。ってなる！」

四人《にん》がうれしくて、キャアキャアさわいでいます。ピュアはすぐにヒントの紙《かみ》をならべかえました。

「できた！　こういうヒントだったんだよ！　でも、巨人《きょじん》ってだれ

むかし、ある丘《おか》の上《うえ》に、

緑《みどり》の巨人《きょじん》がすんでいた。

巨人《きょじん》はとてものどがかわいた。
なぜなら、その日《ひ》は

あつかったからだ。
巨人《きょじん》は水《みず》をのみに行《い》きたいと

思《おも》った。しかし、
水《みず》をのみに行《い》ったりしたら、

宝物《たからもの》を
見《み》はっていることができない。

だと思《おも》う？」

ピュアがみんなにといかけました。

「『ジャックとまめの木《き》』に巨人《きょじん》がでてくるよね。その巨人《きょじん》のことかな？」と、ブルーベル。

「でも、その巨人《きょじん》はまめの木《き》の上《うえ》にすんでるの。丘《おか》の上《うえ》じゃないわ。もしそうなら、この物語《ものがたり》は『ジャックと丘《おか》の上《うえ》』になっちゃう」

サルビアのことばに、ブルーベルはべーっと舌《した》をつきだしました。

サルビアがいーっと顔《かお》をしかめて、やりかえします。

「わたしがもってきた本《ほん》を見《み》てみない？　おとぎ話《ばなし》の巨人《きょじん》のことは書《か》いていないだろうけど」

ピュアはもくじをざっと見《み》て、「巨人《きょじん》」ということばがないか、さがしました。すると、おどろくことに、ひとつだけあったのです。

さっそくそのページをひらいて、みんなに見《み》せました。

「サーンアバスの巨人《きょじん》」というページです。それは、じっさいにある、丘《おか》の斜面《しゃめん》にきざまれた巨人《きょじん》の絵《え》のことでした。緑色《みどりいろ》の草原《そうげん》に、真《ま》っ白《しろ》な石灰《せっかい》の線《せん》ではっきりとえがかれているのです。

「緑《みどり》の巨人《きょじん》って、きっとこの巨人《きょじん》のこと！」

デイジーがさけびました。

「ええ、きっとそうです！」

スノードロップがうれしそうに、きゃしゃな手《て》ではくしゅをおくります。

ピュアは本《ほん》のいちばんさいしょのページにおりこまれていた地図《ちず》

をひらいて、サーンアバスという村《むら》を見《み》つけました。

「ここからそんなに遠《とお》くないみたい！」

緑《みどり》の巨人《きょじん》がサーンアバスの巨人《きょじん》のことなのは、もうまちがいなさそう……！

でも、巨人《きょじん》が水《みず》をのみに行《い》きたい場所《ばしょ》は、どこなんだろう？

みんなで考《かんが》えてみましたが、だれも思《おも》いつきません。

ついにピュアは立《た》ちあがって、のびをすると、四人《にん》にいいました。

「ひとまず、水《みず》のことはおいておいて、あしたはサーンアバスの巨《きょ》人《じん》のところまで行《い》こう。あとのなぞは、その場《ば》に行《い》けばわかるかもしれないってことに、のぞみをかけようよ」

「じゃあ、今《いま》は宝《たから》さがしのれんしゅうをしよう！」とブルーベル。

みんなはさんせいして、お昼《ひる》までの時間《じかん》は、野原《のはら》で宝《たから》さがしをすることにしました。かわりばんこに、地面《じめん》にあなをほってなにかをうめて、ほかの子《こ》が見《み》つけられるようにヒントをだしてあげるのです。これがおもしろいのなんの！

さんざん宝《たから》さがしをしてつかれると、五人《にん》は地面《じめん》にしいたテーブルクロスの上《うえ》にまたすわりました。そのとき、ブルーベルが小《ちい》さな布《ぬの》きれと、キッチンの食器棚《しょっきだな》にいつもおいてあるスノードロップのソーイングセットをとりだすと、なにかをつくりはじめました。

サルビアがこしに手《て》をあて、むすっとした顔《かお》で、上《うえ》からブルーベルの手《て》もとをのぞきこみます。

「それって、なに？」

「今《いま》にわかるよ」

ブルーベルが、ミステリアスな笑《え》みをうかべます。それからまた、うつむいてしんけんにぬいものをはじめました。

三十分後《ぷんご》、「できた！」とブルーベルが声《こえ》をあげました。つくったものをみんなに見《み》えるよう、かかげます。

ピュアもほかの三人《にん》も、それを見《み》て、とまどいました。

やさしいデイジーが口《くち》をひらきます。

「とてもすてきだけど……その……それってなあに？」

「宝《たから》さがし用《よう》ベストに決《き》まってるでしょ！　野《の》イチゴ味《あじ》のジュースのもとと、水《みず》を入《い》れたびんをしまっておけるポケットをつけてあるんだ。宝《たから》さがしがすごく長引《ながび》いたとき、とちゅうでのどがかわくでしょ。ジュースの粉《こな》を水《みず》に入《い》れてまぜたら、あまいものがのめて、元気《げんき》がでるよね！」

「ああ、そういうこと」

ピュアはうなずきながらも、心《こころ》のなかでつぶやきました。

ブルーベルの宝《たから》さがし用《よう》ベストって、ひかえめにいっても……かっこよくないよね。

デイジーとスノードロップは、ブルーベルにむかってほほえみかけました。けれども、サルビアはクスクスわらいだして、とうとう、さけびました。

「まーったく、ブルーベルったら、なんてひどいベスト！　ちゃんとぬえてない！」

理想《りそう》の ブルーベルの 宝《たから》さがし用《よう》ベスト

宝《たから》さがしをするときは、
できるだけ身軽《みがる》なかっこうで、
両手《りょうて》を自由《じゆう》につかえないとね！
こんなベストがあったらカンペキ☆

★実際《じっさい》の
ひどいベスト★

★水《みず》を入《い》れたびん★

そのままでも、ジュースに
してものめる♪

★ハンカチ★

あせをふいたり、
応急手当《おうきゅうてあて》にも
つかえるよ。

★野《の》イチゴ味《あじ》の
ジュースのもと★

つかれて甘《あま》いものが
ほしくなったときに♥

★花《はな》のライト★

花《はな》にフェアリーパウダーを
かけてつくったもの。
これがあれば、くらいところも
だいじょうぶ！
（５巻《かん》「真夜中《まよなか》のおとまり会《かい》」
にも登場《とうじょう》したライトだよ☆）

★草《くさ》のくき★

おしゃれのアクセントにも、
ロープがわりにもなる☆

★バックポケット★

地図《ちず》や宝箱《たからばこ》など、
大《おお》きなものはここに！

とたんに、おこったブルーベルが、ドン！　と足《あし》をふみならしました。

「あした、ちょっとのどがかわいて、あまいのみものがほしくなっても、うちのところにもらいにこないでよね！」

そういったあと、サルビアをにらみながら、ベストを着《き》て、ウエストに草《くさ》のくきをまきつけてしばりました。それからブルーベルは午前中《ごぜんちゅう》ずっと、ベストをぬごうとしませんでした。

家《いえ》にもどってお昼《ひる》ごはんを食《た》べたあと、ピュアはママにさそわれて、いっしょにさんぽをしました。うちに帰《かえ》るとふたりで映画《えいが》を見《み》て、絵本《えほん》を読《よ》みます。ママとの時間《じかん》は楽《たの》しいものでしたが、それでも気《き》がつくと、あしたのことを考《かんが》えていました。

宝《たから》さがしはきっと、わくわくドキドキだろうなあ。
ぜったいにルビーを見《み》つけないとね！

第4章

宝《たから》さがしバトル！

いよいよ土曜日《どようび》になりました。ピュアはおちつかない気分《きぶん》で玄関《げんかん》を行《い》ったりきたりしています。ティファニーが三十分《ぷん》もおくれていたのです。

宝《たから》さがしは正午《しょうご》からなのでもうはじまっていますし、三時《じ》にはおわってしまいます。

ピュアはしんぱいになりました。

ああ、もうまにあわないかもしれない。これからサーンアバスの巨人《きょじん》のところまで行《い》かなくちゃいけないし、そのあと、のこりのヒントのなぞをとかないといけない。そうしてやっと、宝物《たからもの》のかくし場所《ばしょ》がわかるんだから……！

ママも、なんだかおちつかないようすです。ピュアがティファニーもいっしょに行《い》くことになったとせつめいしたあとから、そんなふうです。

ティファニーは前《まえ》にピュアの家《いえ》にあそびにきたことがありますが、ピュアに自分《じぶん》の宿題《しゅくだい》をやらせるために！）。そのときのマナーや態度《たいど》があまりにもひどかったので、こまったことになった、とママは思《おも》ったのです。


元気《げんき》なのは、ブルーベルたちだけでした。四人《にん》は裏庭《うらにわ》にきて、洗濯《せんたく》ものをほすロープの上《うえ》で、アクロバットをしてあそんでいます。

ブルーベルは、サルビアにさんざんなことをいわれたのに、また宝《たから》さがし用《よう》ベストを着《き》ていました。ひとつのポケットには、野《の》イチゴ味《あじ》の粉《こな》をぱんぱんに入《い》れています。

そしてやっと、玄関《げんかん》のチャイムがなって、ピュアはいそいでドアをあけました。ブランドもののジーンズにまあたらしい赤《あか》のトップスというすがたのティファニーが、玄関《げんかん》の前《まえ》に立《た》っています。

「ピュア、その服《ふく》、いいね」とティファニーはいいましたが、顔《かお》にはいじわるな表情《ひょうじょう》をうかべていて、ちっともいいと思《おも》っていないのがわかりました。

「ありがとう」

とりあえずピュアはいいました。いいあいをはじめたくはありません。ここでけんかになったら、ママはふたりを宝《たから》さがしに行《い》かせ

てくれないでしょう。
ママがリビングのまどをしめそうになったとき、裏庭《うらにわ》にいた妖精《ようせい》たちがさっとなかに入《はい》りました。
そのまま、すがたを見《み》られないように気《き》をつけながら、ろうかをかべぎわにそってすすんでいきます。ピュアがバッグをあけたしゅんかん、四人《にん》はなかへとびこみました。
「ティファニーに見《み》つからないよ

うに気《き》をつけてね」とピュアになんどもねんおしされていたからです。ほんとうに、ティファニーにつかまったりしたら、なにをされるかわかったものではありません。

ピュアとティファニーをのせたママの車《くるま》は出発《しゅっぱつ》しました。それからすぐにピュアは気《き》づきました。サーンアバスに着《つ》くまではたいへんな旅《たび》になりそうです。というのも、ティファニーがひっきりなしにもんくやいやみをいうからです。けんかをしないようにがまんするのは、なみたいていのことではありません。

ティファニーはまず、「なんであたしが後部座席《こうぶざせき》にのんなきゃいけないの？　パパはいつだって前《まえ》にすわらせてくれるのに」といいました。つづいて「なに、この車《くるま》って、へん！　手《て》でハンドルをまわしてまどをあけるの？　ふつう、ボタンをおせば自動的《じどうてき》にあくでしょ？　うちの車《くるま》はそうだし」。きわめつきは「CD《シーディー》プレイヤーをつけないで、よくがまんできるよねー。うちのママは、最新《さいしん》のプレイヤーをつけさせたよ」。

とうとう、ピュアはあきれて、いやみっぽいことをいってしまいました。

「へええ。だったらわたしたち、あなたのママの車《くるま》で送《おく》ってもらえなくて、ざんねんだったね」

「ああ、だって、うちのママは宝《たから》さがしみたいなばかなことにつきあうほど、ひまじゃないから。土曜日《どようび》はいつもエステに行《い》ってるんだ」

思《おも》わずピュアはこういいかえしたくなりました。

「じゃあ、宝《たから》さがしがばかみたいなら、どうしてついてきたわけ?」

けれども、どうにか気《き》もちをおさえ、かわりにふーっと息《いき》をはいて、まどの外《そと》を見《み》ました。

四人《にん》も外《そと》を見《み》たり、しんせんな空気《くうき》をすったりできるように、ピュアはバッグをまどまでもちあげてあげました。

やっとサーンアバスに着《つ》いたときには、一時半近《いちじはんちか》くになっていました。

ああ、もう時間《じかん》がない。いそがなくっちゃ!

ピュアはあせる気《き》もちをかかえながら、ティファニーと車《くるま》をおりました。丘《おか》の斜面《しゃめん》に巨人《きょじん》の絵《え》が見《み》えます。

ティファニーに見《み》られていないことをたしかめたあと、四人《にん》もバッグから顔《かお》をのぞかせました。駐車場《ちゅうしゃじょう》には、巨人《きょじん》の絵《え》の写真《しゃしん》をとっている人《ひと》たちが何人《なんにん》かいましたが、宝《たから》さがしをしている人《ひと》はいないようです。

「ちょっと、だれもいないじゃない。あんた、まちがった場所《ばしょ》をえらんだんでしょ！」

ティファニーがおこりだしました。

ピュアはきこえないふりをしました。それより、巨人《きょじん》の絵《え》の丘《おか》とその周辺《しゅうへん》をせつめいする案内板《あんないばん》を見《み》つけたので、ママの手《て》をつかんでそちらへいそぎます。ティファニーもぶすっとしながらついてきました。案内板《あんないばん》に書《か》いてあることは、ほとんどが巨人《きょじん》についてで、

何年前《なんねんまえ》にえがかれたのか、といったことばかり。あとはサーンアバスの村《むら》について少《すこ》しだけです。地図《ちず》もありました。

「ママ、この地図《ちず》、見《み》て！　村《むら》に泉《いずみ》がある！　巨人《きょじん》が水《みず》をのめる場《ば》所《しょ》！」

ママが考《かんが》えながら、ピュアにいいます。

「もういちど、ヒントを読《よ》んでみて」

「『むかし、ある丘《おか》の上《うえ》に、緑《みどり》の巨人《きょじん》がすんでいた。巨人《きょじん》はとてものどがかわいた。なぜなら、その日《ひ》はあつかったからだ。巨人《きょじん》は水《みず》をのみに行《い》きたいと思《おも》った。しかし、水《みず》をのみに行《い》ったりしたら、宝物《たからもの》を見《み》はっていることができない。』」

「あのさ、宝物《たからもの》は泉《いずみ》にかくされてるんだと思《おも》う」

とつぜん、ティファニーが口《くち》をはさみました。

「わたしはそうは思《おも》わない」

ピュアはおちついた声《こえ》でそういうと、ヒントを読《よ》みなおして、また地図《ちず》を見《み》ました。

横《よこ》でティファニーがため息《いき》をついて、「ばかみたい」といわんばかりに、くるんと目《め》をまわしてみせます。けれども、ママが「がんばって」というふうにうなずいてくれたので、ピュアはさらにことばをつづけました。

「巨人《きょじん》は宝物《たからもの》を見《み》はらなくちゃいけないから、水《みず》をのみに行《い》けないっていってるんだと思《おも》う。そして地図《ちず》を見《み》ると、泉《いずみ》は丘《おか》の下《した》にある。だとしたら、巨人《きょじん》が泉《いずみ》に行《い》くと見《み》えなくなるものってなんだろう？」

みんなは巨人《きょじん》が見《み》ている場所《ばしょ》をさがしました。緑《みどり》の目《め》が見《み》つめているのは、木《き》におおわれた小山《こやま》です。そのふもとの野原《のはら》には……はたが立《た》っています！

ママが大《おお》きな声《こえ》でいいました。

「ほら、あそこ！　あのはたは、丘《おか》の下《した》にある泉《いずみ》に行《い》くと、見《み》えないわ！　ピュア、よく見《み》つけたわね！」

ママとピュアはだきあいました。ティファニーはスニーカーのマジックテープをつけたりはがしたりしています。ピュアがヒントのなぞをといたことが、おもしろくないのです。

デイジーたちは、うれしくて宙《ちゅう》をくるくるまったあと、ひとりずつピュアのバッグのなかに入《はい》りました。

さっそく、ピュアたちは車《くるま》にもどりました。すぐに車《くるま》で、はたの立《た》っているところへむかいます。

「ここだよ！」

はたの場所《ばしょ》に車《くるま》がさしかかると、道《みち》は左《ひだり》にカーブして、その先《さき》にまたべつのはたが見《み》えました。はたは一本《ぽん》だけではありません。野《の》原《はら》につづくほそい小道《こみち》のわきに点々《てんてん》と立《た》っています。

三人《にん》は車《くるま》をおりて、小道《こみち》を歩《ある》いていこうとしました。すると――

「宝《たから》さがし大会《たいかい》へようこそ！」

見知《みし》らぬ男《おとこ》の人《ひと》が、笑顔《えがお》で三人《にん》の前《まえ》にすすみでてきました。

「ぼくはビリー。宝《たから》さがしにきた人《ひと》たちの案内役《あんないやく》だ。きみたちが手《て》に入《い》れたヒントとひきかえに、立《た》てふだを一本《ぽん》わたす。そこに自分《じぶん》の名前《なまえ》を書《か》いたら、宝物《たからもの》がうまっていると思《おも》う場所《ばしょ》に立《た》ててほしいんだ」

ピュアがにこっとして、六まいのヒントの紙《かみ》をわたすと、ビリーは小《ちい》さな白《しろ》い立《た》てふだをくれました。けれども、ピュアはあたりを見《み》まわして、がくぜんとしました。

「あの、つまり、こんなに広《ひろ》い場所《ばしょ》から、点《てん》にしか思《おも》えないようなかくし場所《ばしょ》をさがさないといけないいってことですか？」

とつぜん、まわりの野原《のはら》や森《もり》がはてしなく広《ひろ》がっているように思《おも》えます。

ビリーがにこっとしました。

「たしかに、ちょっと手《て》だすけがひつようだね。さいごのヒントをあげよう」

そういって、カードをピュアにさしだします。ところが、それをさっとティファニーがうばいとってしまいました。

「ティファニー！　だめでしょ！」

ママがきっぱりいいましたが、
ティファニーはかえそうとしません。

それどころか、こんなことをいいだしました。

「あたしだって立《た》てふだがほしい！」

頭《あたま》にきたピュアは、ぎゅっとこぶしをにぎりしめました。

ティファニーってなんていやな子《こ》なんだろう。あと一秒《びょう》でもいっしょにいたら、わたし、どなるか、なき

だすか、両方《りょうほう》をしちゃいそう……！

ティファニーがぐずぐずいいつづけるので、とうとうビリーはこんまけして、あらたに立《た》てふだをわたしました。けれども、うれしいことに、ピュアにもさいごのヒントのカードをくれたのです。きみもがんばれよ、というふうにウインクするビリーに、ピュアはほっとして、「ありがとうございます！」といいました。

「じゃあ、あたしはひとりで宝物《たからもの》をさがしてくる。あんたみたいなヘンなやつに負《ま》けないから！　あたしの勝《か》ち！」

ティファニーはそういいすてると、野原《のはら》をどんどん歩《ある》いていってしまいました。

ピュアはやれやれとため息《いき》をつきました。

ママがビリーにあやまります。

「ほんとうにすみません。うちの子《こ》だったら、もっと礼儀《れいぎ》ただしくさせるのですけれど……」

「いいえ、だいじょうぶですよ。では、幸運《こううん》をいのっています！」

ビリーも、その場《ば》をさりました。

ピュアは、さいごのヒントを大《おお》きな声《こえ》で読《よ》みあげました。ママに伝《つた》えながら、じつはサルビアたちにもきかせるつもりです。

「『さがしているものは、まちがった時《とき》のまちがった場所《ばしょ》にある。それが見《み》つかる正《ただ》しい時《とき》の正《ただ》しい場所《ばしょ》に行《い》きなさい』」

いくら考《かんが》えても、意味《いみ》がわかりません。ママにも、わからないようです。

ピュアのとまどった顔《かお》を見《み》て、ママがはげますように、手《て》をきゅっとにぎりました。

「時間《じかん》があまりないから、ふた手《て》にわかれて歩《ある》きまわってみましょう。ヒントのことばに当《あ》てはまりそうな、目《め》をひくものが見《み》つかるかもしれないから。それは『まちがった場所《ばしょ》』にあるものよ。ママは道《みち》のあたりと、森《もり》を見《み》てくるわ。ピュアは野原《のはら》のあたりをさがしてみて」

「うん、そうする！」

ピュアが歩《ある》きだすと、すぐに四人《にん》がバッグからでてきました。みんな手《て》つだいたくて、うずうずしています。そこで、いっしょに野《の》原《はら》をすすみながら、まちがった時《とき》のまちがった場所《ばしょ》にあるものをさがしました。

少《すこ》しして、みんなはフェンスのそばに、青《あお》いペンキのはげかけた古《ふる》い列車《れっしゃ》の客車《きゃくしゃ》がおかれているのを見《み》つけました。いそいでそばに行《い》ってみます。すると、客車《きゃくしゃ》のまわりじゅうに、何本《なんぼん》もの白《しろ》い立《た》てふだが立《た》っていました。

「客車《きゃくしゃ》が野原《のはら》にあるのは、たしかにまちがってるよね……」

ピュアはつぶやきました。

そして、立《た》てふだに自分《じぶん》の名前《なまえ》を書《か》くと、ほかの人《ひと》と同《おな》じように地面《じめん》にさそうとしたのですが、ブルーベルがさけびました。

「ストーップ！」

みんながブルーベルを見《み》つめます。

「だって、その客車《きゃくしゃ》、まちがった時《とき》とは関係《かんけい》ないよね？　みんなでできるだけいろいろさがして、ぎりぎりの時間《じかん》になったら、どこに立《た》てふだを立《た》てるか決《き》めるってことにしない？」

「うん、それがいいね、ブルーベル！」

ピュアはうなずきました。

そこで、みんなでまたこたえをさがしに行こうとしたとき、スノードロップがはっとしていいました。

「ティファニーがこっちにきます！　かくれて！」

あわてて、みんなはティファニーに見《み》えないよう、客車《きゃくしゃ》のかげにかくれました。

ティファニーが客車《きゃくしゃ》を見《み》たとたん、ぱっと顔《かお》をかがやかせます。

こたえを見《み》つけたと思《おも》ったにちがいありません。ティファニーがしゃがんで、どこに立《た》てふだを立《た》てようか考《かんが》えはじめたので、そのすきに、ピュアたちはその場《ば》をそっとはなれました。

野《の》原《はら》をすすみながら、妖精《ようせい》たちはピュアから少《すこ》しはなれて、上《うえ》のほうをとんで行《い》きました。そのほうが、広《ひろ》いはんいを見《み》られるからです。ピュアの目《め》には、四人《にん》が数《すう》メートル上《うえ》のきらめく光《ひかり》にしか見《み》えなくなりました。けれども、すぐにピュアはこたえをさがすことで頭《あたま》がいっぱいになり、四人《にん》のすがたをおうのもわすれました。地《じ》面《めん》や森《もり》や空《そら》に、まちがったものがないか、目《め》をこらします。

二十分《ぷん》ほどがたちましたが、まだなにも見《み》つかりません。ピュアはだんだんまよってきました。

やっぱり、立《た》てふだは客車《きゃくしゃ》のそばにさしたほうがよかったのかなあ……。

ふと、ピュアは四人《にん》のことを思《おも》いだして、空《そら》にむかって両手《りょうて》をふりながら合図《あいず》の口《くち》ぶえをふきました。デイジー、サルビア、スノードロップがつぎつぎにとんできます……が、ひとり、もどってきません。

「ブルーベルは？」

ピュアがきくと、三人《にん》はかたをすくめました。

デイジーがせつめいしてくれました。

「わたしたち、手《て》わけして、ばらばらにさがしてたから……。でも、すぐにもどってくるはず。また、合図《あいず》の口《くち》ぶえをふいてくれる？」

そこで、ピュアは口《くち》ぶえをふきました。そして、さらにもういちど。しまいには、名前《なまえ》をよびました。

「ブルーベル！　ブルーベル！」

声《こえ》のかぎりにさけんでも、ブルーベルはまだあらわれません。

不安《ふあん》になったデイジーが、目《め》を見《み》ひらいて、つぶやきます。

「そういえば、さっきからぜんぜん見《み》かけてない……」

「いったいどこにいるんでしょう？」とスノードロップ。

こんなときに「だいじょうぶよ！」といいそうなサルビアでさえ、おびえた顔《かお》つきになっています。

ピュアはだだっ広《ぴろ》い野原《のはら》を見《み》つめました。こんなに大《おお》きな場所《ばしょ》に、小《ちい》さなブルーベル。どうやってさがせばいいのか考《かんが》えただけでぞっとして、気分《きぶん》が悪《わる》くなってきました。
「みんなでいっしょにいればよかった。たぶん、ブルーベルは……
迷子《まいご》になったんだ」

第5章

もうにどと会《あ》えない……？

「ブルーベル！　ブルーベル！」

ピュアが遠《とお》くで自分《じぶん》をよんでいる声《こえ》は、ちゃんとブルーベルの耳《みみ》にとどいていました。

そして、たしかに返事《へんじ》はしたのです。ただ、小《ちい》さな妖精《ようせい》がどんなに声《こえ》をはりあげて「ここだよ！　ここにいるよ！」とさけんでも、風《かぜ》にながされてとどきませんでした。

野原《のはら》の上《うえ》をつきすすんでとべば、みんなのもとにもどれることはわかっています。けれどブルーベルはもどりたくなかったのです。

一面《めん》、白《しろ》い花《はな》がさいているこの場所《ばしょ》をはなれたくありません。

さいしょ、それは遠《とお》くにかすんで見《み》える白《しろ》っぽいものでしかなく、なんだろう、ときょうみがわきました。そこで、もっとよく見《み》ようと近《ちか》づいていったのです。

そっか、白《しろ》っぽく見《み》えたのは、たぶんスノードロップの花《はな》だ！

でも、そんなはずないよね……？

ブルーベルはドキドキしながら、それがほんとうにスノードロップの花畑《はなばたけ》かどうか、たしかめようとさらにとんでいきました。ピュアたちからはどんどんはなれていきます。

「やっぱり、スノードロップだ。でもいまは夏《なつ》なのに……。こんなの、おかしいよ！」

スノードロップは冬《ふゆ》のおわりにさく花《はな》です。あきらかに、まちがった時《とき》にさいています。それに、この花《はな》は日《ひ》かげをこのむため、ふつうは木々《きぎ》の下《した》や森《もり》のはずれに生《は》えるものなのです。ここはひらけた野原《のはら》ですから、まちがった場所《ばしょ》にさいていることにもなります。ブルーベルは思《おも》わず花《はな》にふれて、はっとしました。

「この花《はな》、シルクでできてる！」

ドキドキがはげしくなりました。

「うち、見《み》つけちゃった！　ここが、宝物《たからもの》がうまってる場所《ばしょ》なんだ！」

うれしくて、花《はな》のまわりでこおどりしてしまいました。両手《りょうて》をふりながら、ぴょんぴょんとびはねます。そしてすぐに宙《ちゅう》へまいあがりました。

みんなに早《はや》く知《し》らせに行《い》かなくちゃ！

それから一気《いっき》にとびだそうとして、はたと止《と》まりました。

さっきはぐうぜん目《め》について、このお花畑《はなばたけ》までこられたけど……。

ここをはなれたら、もういちど見《み》つけるなんて、むり……！

おまけに、こちらにとんでくるときも、どっちにむかっているかなんて、考《かんが》えもしませんでした。ですから、ここがどのあたりなのかも、まったくわかりません。

「ブルーベル！　ブルーベル！」

また声《こえ》がしました。けれども、さっきより声《こえ》は遠《とお》のいているようです。

ブルーベルは、あわてました。

どうしよう。みんなのところにもどりたいけど、このお花畑《はなばたけ》を見《み》うしなうのはやだ！　宝物《たからもの》がうまっている場所《ばしょ》は、ぜったいにここなのに……！　だけど、うちのいる場所《ばしょ》をピュアに知《し》らせることができなければ、立《た》てふだを立《た》てることもできないし……。

ブルーベルはそばにあったタンポポを一本《ぽん》とると、白《しろ》いわたげにふーっと息《いき》をふきかけて、たねをとばしました。もちろん、ピュアがそれに気《き》づくはずもありません。

つぎに、両手《りょうて》をふりながらさけんでみましたが、やっぱり、だめです。

こんどは、花畑《はなばたけ》のま上《うえ》にどんどんとんでいって、高《たか》いところからさけびました。

「ピュア！　うちはここにいるよ！」

でも、だれの耳《みみ》にもとどきません。

時間《じかん》だけがすぎていきました。

ブルーベルは花畑《はなばたけ》のわきに、少《すこ》しだけもりあがった場所《ばしょ》を見《み》つけると、その上《うえ》にすわりこんでしまいました。気《き》もちはすっかりおちこんでいます。

どうしよう。みんなにうちを見《み》つけてもらえずに、宝《たから》さがしの時《じ》間《かん》がおわっちゃったら？

それに、ピュアがべつの場所《ばしょ》に立《た》てふだを立《た》てちゃったら？

ひとりでここにくる前《まえ》に、どうしてそういうことを考《かんが》えなかったんだろう……。

「うちってほんと、ばか。うちのせいで、みんなして、ルビーをもらいそこねちゃうんだ」

ふと、ブルーベルは野《の》イチゴ味《あじ》のジュースのもとを、宝《たから》さがし用《よう》ベストのポケットに入《い》れてきたことを思《おも》いだしました。

ひとつまみ、なめて、元気《げんき》をだそう。

そう思《おも》って、ポケットに手《て》を入《い》れてみると……ない！　ポケットの底《そこ》にあながあいていたために、とんでいるまに粉《こな》をぜんぶおとしてしまったのです。

ああ、サルビアのいうとおりだった。ちゃんとぬえてなかったんだ……！

ジュースのもとをなくしたことが、とどめのように心《こころ》につきささります。

「なにもかも、もうだめ！」

ブルーベルはしくしくなきだしました。


ブルーベルが迷子《まいご》になったとはじめて気《き》づいたとき、ピュアたちはあわてふためき、いそいでちりぢりにさがしに行《い》こうとしました。

けれどもすぐにピュアが三人《にん》をよびもどしました。

「みんな、もどって！　ブルーベルがいなくなったのも、こんなふうにやみくもにさがしはじめたからだよ。こんどは、ひとりずつ野《の》原《はら》の四つのすみまで行《い》って、まんなかにむかっていくようにしよう。自分《じぶん》の受《う》けもったすみっこから右《みぎ》に左《ひだり》にまんべんなくさがすの。ブルーベルを見《み》つけたら、大声《おおごえ》でみんなをよんで！」

「でも、どうやったらよべるかな？　わたしたちの小《ちい》さな声《こえ》は、風《かぜ》にけされてしまうんじゃ……？」

デイジーが不安《ふあん》そうに顔《かお》をしかめます。

「たしかに、そうだね」

ピュアもうなずいて、顔《かお》をしかめました。

「あの、いい考《かんが》えがあります」

スノードロップはおそるおそるいうと、さっと地面《じめん》までとんで行《い》って、細長《ほそなが》い草《くさ》の葉《は》を四まいとってきました。そのあと、スカートのひだのあいだから小《ちい》さなびんをとりだして、なかのフェアリーパウダーをほんのちょっぴりふりかけます。

「葉《は》っぱに魔法《まほう》をかけました。これで、この草《くさ》ぶえをふけば、ものすごく大《おお》きな音《おと》がひびきます」

ピュアは感心《かんしん》して「スノードロップ、すごいよ!」とさけびました。

スノードロップがうれしそうに、ひとりずつに葉《は》っぱをわたしていきます。

さっそく、四人《にん》は野原《のはら》の四つのすみにちっていきました。そこからはジグザグに動《うご》いて、少《すこ》しずつまんなかにむかって行《い》きます。もちろん、ブルーベルがいないか、目《め》をこらしながらすすむのです。

妖精《ようせい》たちは空《そら》から、ピュアは地面《じめん》から見《み》ていました。それでも、だれもブルーベルを見《み》つけられません。

デイジーたちはとぶスピードがどんどんおちてきました。羽《はね》の動《うご》きがにぶってきます。そしてついにはかなしみのあまり、空中《くうちゅう》で止《と》まって、すすめなくなってしまいました。

ピュアも自分《じぶん》の受《う》けもった場所《ばしょ》を早足《はやあし》ですすんでいました。しんぱいから、心臓《しんぞう》がドキドキしています。ピュアのほうも、やっぱりブルーベルを見《み》つけられません。

もう、これ以上《いじょう》、さがす方法《ほうほう》はない……。

だれもがあきらめかけたとき、スノードロップが、雑草《ざっそう》のあいだでなにかがきらりと光《ひか》ったことに気《き》づきました。すぐにとんで行《い》っ

て、たしかめます。それは、ピンク色《いろ》のキラキラ光《ひか》る粉《こな》。

「もしかしたら……！」

スノードロップは指先《ゆびさき》に粉《こな》をつけて、ぺろりとなめてみました。

「やっぱり！　これは野《の》イチゴ味《あじ》のジュースのもと！」

そこでぴんときました。ブルーベルのベストのポケットはちゃんとぬえていなかったので、きっと底《そこ》にあながあいて、粉《こな》がこぼれてしまったのです。

ピュアが野原《のはら》のまんなかに着《つ》いたとき、ビリーの声《こえ》がスピーカーを通《とお》してながれてきました。

「宝《たから》さがしにご参加《さんか》のみなさん、終了《しゅうりょう》まであと二分《ふん》です。まだ、宝《たから》物《もの》のかくし場所《ばしょ》に立《た》てふだをさしていない方《かた》、すぐにさしてください」

ピュアはため息《いき》をもらしました。まだどこにも立《た》てふだをさしていませんが、宝《たから》さがしはもうあきらめたほうがよさそうです。それより、ブルーベルをさがすことのほうが、だいじです。

デイジーとサルビアもとんできました。ピュアの顔《かお》を見《み》て、かなしげに首《くび》を横《よこ》にふります。ふたりも、ブルーベルを見《み》つけられなかったのです。

ところが、こんどはスノードロップのすがたがどこにもありません。ふたりもいなくなってしまうなんて、たいへんです！

不安《ふあん》で頭《あたま》がいっぱいになりながら、ピュアはいいました。

「宝《たから》さがしの時間《じかん》はもうすぐおわっちゃう。それでブルーベルたちがもどってこなかったら、ママにとにかくせつめいしなくちゃ。でもたぶん、ママはしんじてくれない。妖精《ようせい》はわたしが想像《そうぞう》してるだけでほんとうはいないと思《おも》ってるから。ママは帰《かえ》らなくちゃっていうと思《おも》う。そうしたら……」

ピュアは口《くち》をつぐみました。それ以上《いじょう》はこわくて、いうことができません。

デイジーとサルビアもおびえていました。ブルーベルとスノードロップをおきざりにするなんて、できるわけがないのです。ふたりは空中《くうちゅう》でぎゅっとだきあいました。なかないように、なみだをこらえています。

そのとき、耳《みみ》をつんざくような「ピ――――ッ！」というするどい音《おと》がひびきわたりました。ほかの人《ひと》にはまったくとどいていないようですが、ピュアたちにはきこえましたし、それがなんの音《おと》なのかわかります。

「スノードロップが――」

「ブルーベルを――」

「見《み》つけたんだ！」

三人《にん》はつぎつぎにそういって、うなずきあいました。

すぐにデイジーとサルビアが音《おと》のほうへとびたち、ピュアはふたりをおいかけて走《はし》ります。

魔法《まほう》の草《くさ》ぶえの音《おと》がきこえた場所《ばしょ》に着《つ》くと、いました。スノードロップです！　ブルーベルのかたをだいてすわっています。ブルーベルはなきはらしたのか、目《め》のふちは赤《あか》くなっていますし、ほおにはなみだのあとがついていました。けれども、今《いま》ではにこにこ笑顔《えがお》になっています。

そして、ふたりの横《よこ》には、白いスノードロップがさきみだれる花《はな》畑《ばたけ》がありました。

「いそいで、立《た》てふだをここにさして！」

ブルーベルがさけびます。

ピュアはおしりのポケットから小《ちい》さな立《た》てふだをとりだすと、地《じ》面《めん》にさしました。それからすぐに、ビリーの「終了《しゅうりょう》―――!」という声《こえ》がスピーカーからひびきわたりました。

そのとき、とつぜんピュアの顔《かお》の右《みぎ》がわで立《た》てふだがふりおろされて、ピュアは「わっ!」とさけびながら横《よこ》にとびのきました。ブルーベルがあわててスイバの葉《は》の下《した》にころがりこんだ直後《ちょくご》、立《た》てふだがブルーベルの立《た》っていた地《じ》面《めん》にぐさりとささります。

スノードロップの花畑《はなばたけ》には、立《た》てふだが二本《ほん》立《た》ったことになりました。

ピュアはくるりとふりかえりました。

そこにいたのは……ティファニーです!

ピュア

ピュアはさすがにおこって、さけびました。

「ずるいよ！　ここはわたしが見《み》つけたのに。とにかく、大会《たいかい》がおわったあとに立《た》てたんだから、それはなしだからね！」

ティファニーは走《はし》ってきたらしく、まだ息《いき》がきれていました。ピュアになにをいわれても、こたえていないようで、いじわるくにやりとするだけです。やがて、あらい息《いき》のまま、話《はな》しだしました。

「あんたがここに走《はし》っていくのが見《み》えたんだ。それで、なにかたくらんでるなあってぴんときたわけ。だから、あわてて、客車《きゃくしゃ》のわきにさしてた立《た》てふだをとってきて、おいかけてきたの。あんたってつまんないし、ヘンだけど、頭《あたま》はいいみたいね」

ピュアはむっとして、ティファニーをにらみつけました。いいたいことが山《やま》ほどあります。けれど口《くち》をひらく前《まえ》に「みなさん、あつまって！」というビリーの声《こえ》がきこえました。

ティファニーはくるりときびすをかえすと、さっさと行《い》ってしまいました。ピュアがふりかえると、ブルーベルをほかの三人《にん》がだきしめていました。

「もう、しんぱいしたんだから！」とデイジー。

「にどと会《あ》えないいんだって思《おも》っちゃったわ」とサルビア。

そのあと、四人《にん》がピュアのうでのなかにとびこんできたので、こんどはピュアがみんなをだきしめました。

「よかった！　これでもうだいじょうぶだね！」

ほっとしているピュアを、くらい顔《かお》つきのブルーベルが見《み》あげました。

「でも、ティファニーが……ずるをしたよね。ルビーをとられちゃったらどうしよう？」

けれども、ピュアはにっこりしていいました。

「ブルーベルが見《み》つかって、わたしたちみんなでいっしょに帰《かえ》れるんだよ。いちばんだいじなのは、そこ！」

そのあと、四人《にん》はそっとピュアのバッグのなかにもどりました。

そこでピュアはいそいできた道《みち》をたどって、ビリーのもとへむかいました。

第6章

あきらめないこと

「ピュア、ごめんなさいね。けっきょく、こたえを見《み》つけられなかったの」

ピュアを見《み》つけたママが、いいました。

そこで、ピュアは笑顔《えがお》で首《くび》をふりました。

「ううん、だいじょうぶ！　じつは、ここじゃないかって場所《ばしょ》は見《み》つけられたの。あとは、それが正《ただ》しいことを願《ねが》うだけ」

参加者《さんかしゃ》が全員《ぜんいん》そろったところで、ビリーが

「では、これから宝物《たからもの》をうめた場所《ばしょ》へむかいます。ついてきてください」といって、野原《のはら》をすすみだしました。どうも客車《きゃくしゃ》がある方向《ほうこう》へむかっているようです。みんなが「じゃあ、正解《せいかい》は……」「そういうことか！」「そんなことない！」などとヒソヒソ話《はな》しあっています。

ピュアはあまり期待《きたい》しないようにしました。けれども、ビリーが一歩《ぽ》すすむごとに、こたえがはっきりしてきます。

やっぱり、ビリーの行《い》き先《さき》は、スノードロップの花畑《はなばたけ》……？

まもなく、小《ちい》さな白《しろ》い花《はな》が一面《めん》にうわっている場所《ばしょ》にやってきました。そうです、ピュアたちがえらんだスノードロップの花畑《はなばたけ》です。

何人《なんにん》かの人《ひと》はスノードロップの花《はな》を見《み》て、「なるほど！」「そういうことか！」と小声《こごえ》でつぶやきました。まだ、とまどった顔《かお》をしている人《ひと》たちもいます。

ピュアはママにむかって、にっとわらいました。

「あの立《た》てふだ、わたしのなんだよ！」

このときの、ママのおどろいた顔《かお》といったら、ありません！

ビリーがいいました。

「むずかしいヒントだったと思《おも》うけど、きみたちふたりはとけたようだね」

ピュアとティファニーが前《まえ》にすすみでます。ビリーがみんなに、ここのスノードロップがつくりものであることをせつめいしました。

ピュアは胸《むね》がくるしいような気分《きぶん》でした。ピュアたちの立《た》てふだが少《すこ》しでも宝物《たからもの》のうまっている場所《ばしょ》から遠《とお》ければ、ルビーはティファニーのものになってしまうのです。それではあまりにもひどい話《はなし》です。想像《そうぞう》するのもたえられません。

ピュアが息《いき》をつめてまっていると、ビリーがポケットから長《なが》いぼうをだして、ティファニーの立《た》てふだのすぐ横《よこ》の土《つち》につきさしはじめました。ぼう全体《ぜんたい》が地面《じめん》にうまります。これがどういう意味《いみ》なのかは、よくわかりませんでしたが、ビリーがぼうをぬいて、こんどはピュアの立《た》てふだのすぐ横《よこ》の土《つち》につきさしたので、ピュアはいのりました。

とにかくティファニーに勝《か》てますように……！

ぼうは半分《はんぶん》ほどうまったところでとまりました。もうそれ以上《いじょう》はうまらないようです。ピュアは目《め》をぱちくりさせました。

これって、よかったってこと？　それとも、だめだったってこと？

うーん、わからない！

ビリーがふりかえって、ピュアにほほえみかけました。

「みなさん、優勝者《ゆうしょうしゃ》が決《き》まったようです。さあ、宝物《たからもの》をさがして！」

ビリーがピュアに小《ちい》さなシャベルをわたして、地面《じめん》をほってみるよう、手《て》で合図《あいず》します。

ピュアがいわれたとおりにすると、シャベルがカチンとかたいものにあたりました。それをほりだしてみると……小《ちい》さな宝箱《たからばこ》です！

ピュアはゆっくりふたをあけました。手《て》がふるえていますし、なかを見《み》る勇気《ゆうき》がでません。けれども、やっとの思《おも》いでのぞいてみると、そこにあるのは……ルビー！

まわりの人《ひと》たちがわっと歓声《かんせい》をあげ、大《おお》きなはくしゅをおくってくれました。そこにくわわらなかったのは、ティファニーだけ。レモンをかじったみたいに、顔《かお》をしかめています。

妖精《ようせい》たちがすばやくピュアのバッグからでて、はるか上《うえ》の空中《くうちゅう》で止《と》まりました。よろこびのあまり、くるんとまわったり、急降下《きゅうこうか》したり、宙返《ちゅうがえ》りをしたりの大《おお》さわぎです。

じつは、はしゃぎすぎて、正体《しょうたい》がばれそうになったほどでした。子《こ》どもたちが何人《なんにん》か、宙《ちゅう》を見《み》つめて、目《め》をパチパチさせています。

日《ひ》の光《ひかり》のせいで、おかしなものが見《み》えてしまったんだ、と思《おも》ったようです。

そんななか、ティファニーがピュアにもんくをつけてきました。

「そのルビーの半分《はんぶん》はあたしのものなんだからね！」

ものほしそうな目《め》で宝箱《たからばこ》を見《み》つめています。

けれども、ピュアはきっぱりいいかえしました。

「ううん、それはないよ。ルビーは見《み》つけた人《ひと》がもらうって決《き》めたのは、ティファニー自身《じしん》でしょ。それで、ビリーから自分《じぶん》だけの立《た》てふだをもらったんじゃない。だから、ルビーはぜったいにわたしたち──じゃなくて、わたしのもの！」

「そんなのずるい」

ティファニーがなきそうな声《こえ》をだします。

ブルーベルたちが上《うえ》のほうでクスクスわらっているのにも気《き》づかずに、ティファニーはふてくされて、ドスドス車《くるま》にもどっていきました。

ママがとなりにいる女性《じょせい》によわよわしい声《こえ》であやまります。

「ほんとうにすみません。うちの子《こ》だったら、もっと礼儀《れいぎ》ただしくさせるのですけれど……」

ティファニーがいつものかんしゃくを起《お》こしても、ピュアと四人《にん》の最高《さいこう》の気分《きぶん》は少《すこ》しもじゃまされませんでした。

わたしたち、ほんとうに成功《せいこう》したんだ！

ルビーを手《て》に入《い》れたんだ！

ピュアはよろこびをかみしめながら、バッグのなかに、だいじに小《ちい》さな宝箱《たからばこ》をしまいました。それからママとぎゅっとだきあいました。

「よくやったわね、ピュア！」とママ。

「ありがとうね、ママ！　でも、この宝《たから》さがしは妖精《ようせい》の友《とも》だちがいなかったら、成功《せいこう》しなかったんだよ」

ママがわらって、いっそうピュアをだきしめます。

「ピュアったら、まだ想像《そうぞう》の妖精《ようせい》の友《とも》だちがいるのね。すてきなことよ！」

「うん、だってほんとうにいるんだよ」

ピュアはみんなにこっそりウインクしました。四人《にん》はいっしょに車《くるま》で帰《かえ》るために、ピュアのバッグにもどりました。

もちろん、ティファニーは車《くるま》のなかでもふくれていました。そして家《いえ》の前《まえ》まで送《おく》ってあげたのに、「ありがとう」もいわずに帰《かえ》っていきました。でも、ママもピュアも気《き》にしません。ティファニーがいなくなってくれたことのほうがうれしかったからです。

それから十分後《ぷんご》、ルビーはこれまであつめられた誕生石《たんじょうせき》といっしょに、ピュアの宝石箱《ほうせきばこ》にぶじにおさまりました。

ピュアが自分《じぶん》の部屋《へや》から一階《かい》におりると、ママが「あのルビーだけど、ネックレスにしたらどう?」とていあんしました。ピュアはこっそりほほえんで、「このままがいいの！」とこたえました。

「じゃあ、ちょっとでかけてくるね！」

ピュアはママにいってきますのキスをすると、はずむように裏庭《うらにわ》にでました。すぐに四人《にん》の友《とも》だちがいる妖精《ようせい》ハウスにむかいます。

オークの木《き》の下《した》から、楽《たの》しげなうたげの音《おと》がきこえてきました。妖精《ようせい》ハウスのなかでは、サルビアがつぎつぎに妖精《ようせい》の歌《うた》をピアノでひきながら、ぜんいんでうたっています。それに合《あ》わせて三人《にん》がおどったり、スキップをしたり、くるくるまわったり、輪《わ》をえがいたり、とびはねたり。とても楽《たの》しそうです。

ピュアも魔法《まほう》のことばで小《ちい》さくなると、四人《にん》にくわわりました。

そして、大好《だいす》きな妖精《ようせい》の歌《うた》を五つもうたいおわるころには、へとへとなって、みんなでクスクスわらいながらリビングのカーペットの上《うえ》にばたっとたおれこみました。さいごにサルビアも、みんなの上《うえ》にふざけてたおれこみます。

ふと、ピュアは思《おも》いだして、たずねました。

「スノードロップ、ひとつだけ教《おし》えてくれるかな。あの広《ひろ》い野原《のはら》でどうやってブルーベルを見《み》つけだしたの？」

するとスノードロップがクスリとわらって、野《の》イチゴ味《あじ》の粉《こな》をたどっていったことをせつめいしました。

「ほらね！　だからいったでしょ。あなたのベスト、ちゃんとぬえてないって！」とサルビア。

けれども、ブルーベルはひきさがりません。

「じつはさ、あれはさいしょから、あなのあいたポケットとしてつくったの。そうすれば、あなから粉《こな》がおちるから。うちが特別《とくべつ》にデザインした迷子防止《まいごぼうし》ポケットだよ。で、ちゃんとうまくいったよね！」

サルビアが、なにいってんの、といわんばかりに、まゆをあげます。デイジーがわらいをこらえて、苦《くる》しそうにうつむきます。

「もちろん、そうだよね、ブルーベル！」

ピュアも、にんまりしそうになるのをおさえて、いいました。

「これで誕生石《たんじょうせき》は六つあつまったんだよね！　きっとほかのも、すぐに手《て》に入《はい》るよ。そしたら、魔法《まほう》の力《ちから》をつかってオークの木《き》をすくえるね！」

ピュアのことばに、四人《にん》が声《こえ》をあげました。

「うん！」

「ほんとね！」

「そのとおり！」

「やったー！」

そこで、ピュアは元気《げんき》よく立《た》ちあがりました。

「ねえ、みんなでなわとびをしない？　サルビアのつくった妖精《ようせい》のなわとび歌《うた》に合《あ》わせてとぶの！」

「それって……サイコー！」とブルーベル。
ほかの三人《にん》も、いきおいよく立《た》ちあがりました。みんなでそれぞれ手《て》をつないで笑顔《えがお》をかわします。そしていっせいに夕日《ゆうひ》にむかって、かけだしました。

The End

ひみつのダイアリー

○月×日

待《ま》ちに待《ま》った夏休《なつやす》み。妖精《ようせい》たちと、

一日中《いちにちじゅう》あそべるだけでもうれしいのに、

まさか、宝《たから》さがしの大《だい》ぼうけんが待《ま》っていたなんて！

ヒントをたよりに、宝物《たからもの》のルビーをさがすのは、

すごくむずかしかったな。

おまけに、ティファニーにルビーをとられそうになるし、

ブルーベルは迷子《まいご》になっちゃうし……！

さいごまでドキドキだった。でも、すごく楽《たの》しくて……

なによりだいじなことがわかったよ。

いちばんの宝物《たからもの》は、やっぱり友情《ゆうじょう》だね★

ピュア

妖精《ようせい》★ファンルーム

チョコレートのつつみ紙《がみ》からはじまった、誕生石《たんじょうせき》のルビーをさがす夏休《なつやす》みの大冒険《だいぼうけん》、最高《さいこう》にスリリングだったよね！

いつもはきれい好《ず》きの妖精《ようせい》たちも、宝《たから》のかくし場所《ばしょ》のヒントをゲットするため、まさかのごみあさりまで……！

今回《こんかい》のファンルームは、そんながんばった妖精《ようせい》たちに、大好《だいす》きなスイーツをイメージしたドレスでおめかししてもらったよ。

う〜ん、みんなかわいくて、とってもおいしそう♪

フェアリー スイーツドレス特集《とくしゅう》

サルビアの
ムース・オ・カシス

ふかくあざやかな
カシス色《いろ》が、おとなっぽい☆
クールなヘッドドレスで、
甘《あま》さをひきしめて。

デイジーの
オレンジとマンゴーのゼリー

とろんとトロピカルな
マンゴーカラーが、
気分《きぶん》をあげてくれる！
ミントのリボンで
さわやかさをプラス♪

ブルーベルの
ブルーベリーのレアチーズケーキ

つややかなブルーベリージャムの
あしらいが、ゆうがなふんいき。
生《なま》クリームのレースをペロリ☆

作　ケリー・マケイン　（Kelly McKain）
イギリスのロンドン在住。大学卒業後コピーライターとしてはたらいたのち教師となる。生徒に本を読みきかせるうち、自分でも物語を書いてみようと思いたち、作家になった。邦訳作品に「ファッションガールズ」シリーズ（ポプラ社）がある。

訳　田中亜希子　（たなか あきこ）
千葉県生まれ。銀行勤務ののち翻訳者になる。訳書に『コッケモーモー！』（徳間書店）、「プリンセス☆マジック」シリーズ（ポプラ社）、「マーメイド・ガールズ」シリーズ（あすなろ書房）、『僕らの事情。』（求龍堂）、『迷子のアリたち』（小学館）など多数。

絵　まめゆか
東京都在住。東京家政大学短期大学部服飾美術科卒業。児童書の挿し絵を手掛けるイラストレーター。挿画作品に『ミラクルきょうふ！ 本当に怖い話　暗黒の舞台』（西東社）、『メゾ ピアノ おしゃれおえかき&きせかえシールブック』（学研プラス）などがある。

ひみつの妖精ハウス⑥
ひみつの妖精ハウス
冒険はチョコレート味

2018年4月　第1刷
2018年6月　第2刷

作　ケリー・マケイン
訳　田中亜希子
絵　まめゆか

発行者　長谷川 均
編集　斉藤尚美
発行所　株式会社ポプラ社
〒160-8565 東京都新宿区大京町 22-1
TEL 03-3357-2212（営業）　03-3357-2216（編集）
ホームページ　www.poplar.co.jp
印刷・製本　中央精版印刷株式会社

装丁・本文デザイン　吉沢千明

N.D.C.933/135P/20cm　ISBN978-4-591-15864-7